AF586334

ODES EN LA LOVANGE DE MONSEIGNEUR LE PRINCE, faites en divers temps.

DEDIE'ES A SON EXCELLENCE.

A PARIS,
Par Philippes du Pre, Imprimeur librayre juré du ROY en son Vniversité de Paris, demourant rue des Amendiers à l'enseigne de la Verité.

M. DC. XVI.

ODE

SVR LE RETOVR DE MONSEIGNEVR LE PRINCE EN COVR, APRES LA CONFERENCE de Loudun. 1616.

SI deux fois, au nom du retour
Que l'on t'a veu faire à la Cour,
I'ay ſur les rives de Permeſſe
Eſté rendre hommage aux neuf Seurs;
Pourquoy d'vne meſme allégreſſe
N'inviteroiſ-je leurs faveurs?

Ores que tu viens de rechef,
Pour anéantir le méchef
Qui mit tant de gens en ſouffrance,
Pourquoy trancheroiſ-je le cours
Et le nœud de l'expériance
Dont Phoëbus orne mon diſcours?

Ie ne puis, ou j'aurois en main
Reçeu du Firmament en vain
Les influances qu'il ne donne
A tous ceux qui les vont chercher;
Et tout ce que ma lyre ſonne
Meriteroit de ſe cacher.

Il eut fait beau voir quand les Preux
Allerent d'vn cœur genereux
Devers l'embouchеure du Phase,
Que, muet d'archet & de voix,
Orphée eut panché soubz l'extase,
Luy qui faisoit dançer les bois?

Quand tu revins prémiérement,
Quand tu revins sécondement
Le retour en fut aggréable;
Maintenant, sans comparaison,
L'effet en est plus admirable,
Ce que l'on juge par raison.

L'olivier, symbole de Paix,
Avec ses longs fueillards espais,
Reverdit toutes nos campagnes;
Et ses rameaux prodigieux
Donnent jusq'uau fonds des Espagnes,
Mais encore en mille autres lieux.

Tout object de crainte est mis bas,
Tout malheur a conduit ses pas
En l'oubly, d'une prompte voye;
La guerre est morte, & le discord,
Par tout le soulas & la joye
Ont leur regne en depit du sort.

Le fer est mis au ratelier

Pour jamais, à fin d'y roüiller,
Et si plus on oit par la France
Les trompettes & les tambours,
Ils ne bruiront qu'en l'ordõnance
Des Triomphes & des Amours.

Que s'estoit chose dure à voir,
Depuis l'Aurore jusqu'au soir,
Ou le jour en l'onde se rüe,
Mais souvent au plein de la nuit,
L'effroy courir de rüe en rüe,
Soubs les armures & le bruit!

De voir les Champs dans les Citez,
De voir piller de tous costez,
Embraser, meurtrir, & pis faire,
Et de n'attẽdre en cette horreur
Qu'a nous voir nous mesmes destaire,
Soubs l'atteinte de la fureur!

O PRINCE! enfant de saint LOVYS,
Si les peuples sont esjouïs
D'vn changement si favorable,
Ils en sont obligez à toy,
Pour avoir esté si ployable
Aux douces volontez du ROY.

Iamais le François n'a doubté
Vrayment de ta sincérité;

Iugeant l'exces de tes gensd'armes
Plustost exercices de Mars,
Qu'effects absolus de tes armes,
Dignes d'instruire les Cæsars.

On t'a veu souvent regretter,
On t'a veu souvent détester
Nos malheurs, & si d'aventure
Quelque broüillon les a chéris,
Tu n'as approuvé cette injure,
Contre l'honneur des Fleurs de Lys.

Pour moy, je croys asseurémẽt
Que de là vient le fondement
Et le subjet & l'origine
Du mal, a la France odieux,
Qui t'eust, sans la bonté Divine,
Ravi dãs peu d'heure à nos yeux.

Nous loüons DIEV chacq'un de nous
De te voir sain, nous disons tous
Qu'il nous ayme & nous est prospere,
Et qu'il t'a choisi pour Atlas,
Afin que LOVYS & sa Mere
Aynt par toy confort & soulas.

Et que le vice réprimant,
Et que le sçavoir ranimant,
En leur aydant, tu saches rendre

Aux François leur prémier bon.heur,
Autrement avecques ta cendre
On uerroit périr ton honneur.

Ce qui jamais ne se verra,
Car plustost la nege sera
Parmi l'air de teinture noire,
Qu'vn tel PRINCE arriue en deffaut,
Ie ne le puis nullement croire,
Les Dieux ne faillent point la haut.

ODE,

Sur le retour de Monseigneur le PRINCE en Cour, apres l'accord de Soissons. 1615

ALors qu'en faveur du pays,
Aux yeux des peuples esbahys,
Les trois HORACES combatirēt,
Les deux prémiers estās déffaicts;
Les cœurs de leurs amys faillirēt,
Les voyant tombez soubs le faix.

Ah' (disoient ils) les deux supports,
De la république sont morts!
Nos libertez & nostre gloire
Perdent maintenant leur splendeur,

Nos ennemys ont la victoire,
Et triomphent de sa Grandeur,

Cependant, l'autre qui réstoit,
Enflammé d'ire, combatoit,
Si bien qu'il renversa par terre,
Esveillant ses bras agitez,
En l'effort d'vne juste guerre,
Les trois CVRIACES domptez,

Vn cri se fit au mesme temps,
Ceux dont le cœurs estoiēt flotās,
Racquirent leur force premiere:
L'espoir esclata dans leurs yeux,
Et leur franchise coustumiere
Esprouva le bon-heur des Cieux.

Ainsi trois HENRYS DE BOVRBON,
Par l'effort Royal de leur nom,
Mettoiēt nos cœurs en asseurāce:
Les deux prémiers estants mis bas,
A l'esgal de nostre espérance
Nous veismes chanceler nos pas.

Nous sommes, disions nous, perdus,
Nos biens, nos hōneurs deffendus,
Et nos libertez panchent l'aisle,
De nous la victoire s'enfuit,
L'ennemy de joye estincelle,

Et le dueil pas à pas nous ſuit.

Tandis le dernier des HENRYS,
Par ſon retour auprez des LYS,
Mit ſoubs le pied noſtre miſere,
Quand, tout plein de zele & de foy,
Sa GRANDEVR, à nos vœux proſpere,
Vint faire hommage au nouveau ROY.

Par tout le doux raviſſement
Fit naiſtre vn applaudiſſement,
Qui retentit de place en place:
Le dueil en ſoulas fut changé,
L'eſprit fit congnoiſtre à la face
Le bon-heur qui l'avoit rangé.

DIEV lors teſmoigna devant tous
Comme il a du ſoucy de nous,
Et comme il a chéri la France,
Dés l'heure qu'vn Ange des Cieux
Fit luire, par obeïſſance,
La fleur de *LYS* en cés bas lieux.

Maintenant qu'apres vn diſcord
Ce PRINCE vient encore au port,
Où ſont deux Royales *ESTOILLES*,
Meſmes effets nous revoyons,
Qui deſ-embruniſſent les voiles
Où ſans lumiere nous eſtions.

Que tout différent soit mis bas,
O PRINCES! tendez vous les bras,
Qu'à iamais la concorde assemble
ORLEANS, NEVERS & BOVRBONS,
Et LORRAINS, à fin qu'en leurs noms
Soubz LOVYS tout le Monde tremble.

ODE,

Sur le retour de Monseigneur le PRINCE *en Cour, apres la mort du feu* ROY.

1610.

QVAND le Soleil, en arrivant,
Brille sur les monts du *Levant*.
Aussi tost la nuit perd ses ombres
Les airs flambent de tous costez,
Et voit-on les choses plus sombres
Ioüir de nouvelles clartez.

Quand l'hyver retire ses pas
Et que la nege & les frimas
Ne devalent plus soubs la Bise,
Adonc le Printemps descouvert,
D'vn air qui les champs favorise,
Reprend son habillement vert.

Tout rit partout, mille coulleurs
Esmaillent la tresse des fleurs,

Par tout les muſettes fredonnent,
Et les oyſillons ſoubs leurs chants,
Au bruit des fontaines qui ſonnét,
Par tout font retentir les champs.

Les papillons vont dans les prés
Et dans les jardins empourprez;
Les Dains franchiſſent les bocages,
Les amants deviennent gaillards,
Et ce Dieu qui poingt leurs courages,
Les anime de toutes parts.

Toute choſe eſt plaiſante à l'œil,
De meſme, apres le triſte dueil
Qui rompit noſtre eſiouiſſance,
Apres le convoy de HENRY,
Tu viens raſſerener la France,
Des Dieux & des hommes chéri.

La paix, la concorde te ſuit,
Le bon heur à tes pas reluit,
Tu calmes nos dures triſteſſes;
Ta préſance arreſte nos pleurs,
Et bref, engendrant nos lieſſes;
Tu fais mourir tous nos malheurs.

PARIS ſ'eſioit de te voir,
Le peuple ſe met en debvoir
D'applaudir à ta bien venüe:

La Cour, en ce ravissement,
Fait retentir jusqu'en la nüe
L'effet de son contentement.

Vien recognoistre à cette fois
LOVYS Monarque des François
Dont l'essence est la tiëne mesme:
O PRINCE, vien donner la foy,
Vien rendre hõmage au Diadesme
Qu'il hérite d'vn si bon ROY.

Grand PRINCE, ô le prémier du sang!
Vien pour recognoistre en son rang
La Mere d'vn si grand MONARQVE,
REYNE, dont les vertus luiront,
Malgré les excés de la Parque,
Tant que les ans chemineront.

Quel soulas! ô quel doux plaisir
Viendra leurs MAIESTEZ saisir
A l'abbord de ton EXCELLENCE!
O comme leurs bras sont ouvers!
O mon DIEV qu'elle esiouissance!
O combien de charmes divers!

N'aguere elles fondoient en pleurs,
Tesmoings de leurs justes douleurs,
Ores leurs yeux pleurent de joye;
Le Grec eut ce contentement,

Quand Achile es pleines de Troye
Se remonstra secondement.

Quand (dis-je) en bornant les ennuys
Qui tant de jours & tant de nuicts
Avoyent pénétré son courage,
Il retourna vers les Grégeois,
En leur redonnant l'advantage
Qu'ils avoient gaigné tant de fois.

Que je t'honore o divin jour
Où ce grand PRINCE est de retour!
Ha! que les filles de Mémoire
Sont contentes de le revoir!
Que ces Amantes de la gloire
Seront aises de le r'avoir.

Quand il sortit elles pleuroyēt,
Et demy mortes souspiroyent,
Voyant terminer leurs delices;
Maintenant qu'il revient à nous,
Leurs yeux reprennent leurs blandices,
Et leurs chants se refont plus doux.

Pourquoy ces Nymphes aux beaux yeux,
Pourquoy ces Infantes des Cieux
N'en seroient elles point contētes?
Ce jeune PRINCE les chérit,
C'est leur espoir, & les attentes

Dont leur Neuvaine se nourrit.

Tant qu'Apollon m'entretiendra,
Tousiours il me ressouviendra
Du temps que je vis chez des POETES
Ce PRINCE, encores jeune enfant,
Ne réspirer que leurs escortes,
Et de voir leur nom triomphant

Il regrettoit que leurs beaux vers,
Tant renommez par l'vniuers,
Tenoient si peu de rãg en France:
Et que les pointes des rimeurs,
Soubs les aisles de l'Ignorance,
Allechoiẽt tant de simples cœurs.

Ce grand Oracle jugea lors,
Et predit, quand il fut dehors,
Qu'il feroit les Muses renaistre,
Et que les François resioüis
Le pourroient vn jour recognaîstre,
Soubs l'Empire du Roy LOVYS.

DIEV nous inspire bien souvent,
Mais cinglons soubs vn autre vent,
Desià les barrieres on ouvre:
Tous les Seigneurs deviennent gays,
Laissons entrer ce PRINCE au LOVVRE,
Puis qu'il nous vient donner la paix,

FIN.

A MADAME LA PRINCESSE DE Condé la Mere, sur son arrivée par la Treive M.DC.XVI.

SONNET.

QVAND *le Nocher advise au fort de la tempeste*
L'estoille de Venus esclairer à ses yeux,
Il juge au mesme temps que son feu radieux
Apparoist en la nue afin qu'elle s'arreste.
Le danger eminant qu'il avoit sur la teste
A donc s'evanouir; il à le cœur joyeux,
Son teint reprẽd couleur, il fait hommage aux Dieux,
Voyãt qu'à son besoing leur main divine est preste.
Ainsi grande Princesse, *ores que je te vois*
Esclairer à nos yeux, une fin je prévois
Aux malheurs de la France, en reprenant courage.
La bien heureuse Paix est fille du grand DIEV,
*La guerre de l'*Enfer *tire son appanage,*
On ne peut en l'aymant prospérer en nul lieu.

SVR LA RECEPTION de Monſeigneur le Duc de Guyſe, par Monſeigneur le Prince de Condé.

SONNET.

SPERONS deſormais vn bon-heur a la France,
Qui par adueu de tous, d'vne commune voix,
Rendra LOVYS *fameux par deſſur tous les Roys,*
Quand il aura monté les degrez de l'enfance.
Deux Generaux de guerre, animez par outrance,
Accolez bras a bras l'augurent cette fois,
CONDÉ, *le vif obiect d'vn Achile François,*
Et GVISE, *le tableau d'vn Hercule en vaillance.*
Estants ioints d'amitié ces deux COVSINS *rendront*
L'Empire de ce ROY *comme les Poles font*
Celuy de l'Vniuers, en nous tirant de peines:
Hé? qui ne voudroit point ce bon heur éstimer,
Les BOVRBONS *ſe rangeâts auec ceux de* LORAINE?
» *Deux ancres par l'orage ont de la force en mer.*

www.ingramcontent.com/pod-product-compliance
Lightning Source LLC
LaVergne TN
LVHW052042160826
845678LV00003B/1483

* 9 7 8 2 3 2 9 6 2 7 7 0 0 *